紡錘形の虫

いのうえあき

書肆山田

目次——紡錘形の虫

紡錘形の虫

祭りのように

ハサミで
切った。

そら
が
ずれた

開かれて

廃墟の木枠の上を
小さな虫が
歩いている

四角い壁に
直接描き込まれた絵画
昔、誰かが遺したものだ

おびただしい数の扉
ゆがんだ長方形が
入れ子状に描かれている

一枚の扉の奥を覗く
現れてきた
「落下の日」

流星群　魚の大群
狂ったように
らせんになって落ち

数万年　眠っていた
発光物質
宇宙の海を　染めていく

空を凍らせていた者のこえ
落下して
大地をふるわせ

よるは
空を

燃やしている

ひかりを編みこんだ
静けさが
今　ゆっくりと　足元におりてきた

扉は開閉する
瞬きの
あいだに

扉の絵の下を

芥子粒のような虫
ゆっくりと入っていく

フルムーン

覆蔵する
宇宙を
裂き
フルムーン
赤みをおび
確かな円を　今
えがいている

ひかりの音楽
伴奏に
骸骨が
ひとり
河川敷を
ランニング
うつくしいフォームで
しろい膝関節の
低音が
時々　インプロバイズ
リズムの流れ
脱臼する

フルムーンに
うかびあがる
錆色の長い橋
無人列車の明りは
ほの赤く
水を染めている
重低音
回転する車輪は
鼓動のリズム
月光にのみこまれ
浮遊していく
ランニング

むかし　きこえていた
たいないの
たしかな　おと
よるに　しんどうし
がいこつのちゅうしんの
くうどう
かぜに　なりはじめる

ことば

箱庭のような空間に
ことばを置く

そら　うみ　まち
雨を降らせて
雪を降らせて

ことばは転がりだすと
痛くて　つまずく
傾斜ばかりのまちを
転がりつづけ
ことばの顔が　かわる

記憶のうみの
とおいところで
初めて歩きはじめる
生きものの声

ことばは

ふくらんで
かたちになる
うごきになる
はしって
とまって
あがって
おりて
書き換えられて
見知らぬ場所に立つ

かすかに　余白がふるえている

沈黙のせかい

夏の河原で
石は
石のまま
集まっている

夕闇に立ち
水底を見つめて

鷺は
首をかしげたままだ

土手の片すみに
くちなしの花
贈られた白さを
こぼしている

呼び声は
しずけさを湛えて

彼方から
渡ってくる

渦巻いている
わたしの耳には
きこえないのに

さわっている

正確な距離の測定を
記述する
わたしのからだの
左　右　前　後ろ
先端に向かって伸びた
物の影
空白を　のみこんで
きょうの空は
どこにもいない

さわれない
今　ここ
に

誰もいないテニスコート
タンポポが　さわっている
今　ここ
春の雨を受けて

ある高度から
放たれた
今　　ここ
風に
やわらかな　しろ

きぎれ

ヒトは
いすに座っていた
ある日　崩れ落ち　骨になった

少し空がゆれているのか
いすは倒れそうになって
立ち上がった　初めて

いすの四本の足は伸びてくる
葛藤しながら
それぞれの長さになって

前がわからず
踏み出した足は　後ろにすすんでいく
家の外には　ヒトがいない

地平線に　色が　のみこまれていく

影の色をまとっていすは
吊り橋に辿り着く
水のにおい

振り子のように
ゆれている橋
いすは足を捨ててしまった

月のひかりがつぶやく
以前に一度渡った橋
帰って来たんだよ

木肌のしめった内側で
中心から　幾重にも
円は　広がっている

ふるびた
きぎれは
すわって
いる石の
かわらで

まわりつづける

やわらかな風の吹く日
誰かが　円を土に描く
巻きついていた糸がはずれ
コマが投げ入れられた
かすかな息がきこえる

土のうえの円　完全なかたちをみせ
(思い描く　うつくしい回転)

時はすぎ　コマはみつめる
円の内側に刻んだ
まずしい軌跡　自分自身

激しく風が吹き荒れる日
生きものたちのなげきが聞こえる
円は　恐怖の口のかたちになり
崩れそうにゆらいでいる
動揺するコマ　中心から　周縁へ

砂嵐のすきまに　かすかな薄日
（見えた！　円の開口部　しっぽ）
擦過音をたて　周縁から内と外を見る
境界も　円も　消えている
（ずっと前からなかったのだ
　かけがえのない円の内側は）
遠くで息をひそめている
まっすぐな破線　地平線

ひろびろと地の連なり
星の光　降りてきて
熱を帯び　まわりつづけているコマ
いま　ここ

まぎれこんでいく

信号は赤に変わった

「映画のあの対局シーン　おぼえてる？
天才棋士が飛車を打ったでしょ
あの時の彼の指
きれいだった
ほんとうに」
あなたは　前を向いたままで

何も言わずそっと
私の指に　触れた

突風が
敷居を渡った

鉛いろの水たまり
ＩＨの
あかい輪が消えかかっている

若い天才棋士の死の場面が
フィルターに
まぎれこんで　いく
湯を注ぐ
あふれないように

風の音が
鳴りやんだ

不確かなもの

議論を人とかわしていた　慣れない思考の
上り坂を　一輪車をゆらゆらと漕ぐように
　「隠れているものは見えない
　　自身は自分で見えない」

駅を降り　独りで漕ぐ　道は細く先はみえ
ない　雨が降り出したようだ　私の革のジ
ャケットがぬれていく　冷たい　漕いでい

るのか止まっているのか　雨だけが激しく
落ちてくるのがみえる　一輪車から降りら
れない　際限のない回転に　雨音が混じる

朝　革のジャケットは　変色し始めている
雨の確かな痕跡　湿った臭いと　受容の色

朝の鏡のあかるいひかりの奥に　見慣れた
顔が映っている　この顔という場所のなか
に「わたし」という名前の自分がいる　い
つからかわからないが　ずいぶん前からだ

そこは渦が巻いている　眼のようなまるいものが　ぬらぬらと彷徨している　時に燃えるような熱に覆われて　渦の色はめまぐるしく変わる　息苦しい輝きだ　熱で黒ずんでしまった眼は　憑かれたダンサーのように過剰な動きを止めない　でも今朝　大雨の後　生まれ出てきたのはたくさんの泡の連なり　銀のひかりを帯びた玉　玉　玉今　私の朝の皮膚に浮かびあがった銀の輪

「わたし」から届くものは　すぐに　隠れてしまう　直接　確かめることができない

今朝もまた　ひかりに曝された顔という場
所を両手で触ってみる　そこはあたたかい

家族写真

耳の奥
くぐもったおとがしている

薄暗い水を　潜って
幼いころの景色へと
走り抜ける

透き通った音がして
姉がいる
肩に触れているわたしに
触れてくる
ちいさな姉の肩
交わった

突堤に立つ父と母は
波間に消えてしまいそう
砂浜は大きく浸食されて
あの海水浴場は　もうない
わたしは急いで駆け抜けようとして
アスファルトが

振動しだす

トラックが
あらゆる道を疾走していく
大きく揺られて
砕かれ
粉々になったもの
時のなかでこすれあっている
耳の奥　いつまでも

誰のものかもう不明になった
痛みが　親しげに

座っている

ちいさな手も肩も
輪郭は
記憶の底に沈んでいく

鈍い光にぬれる舞子浜
横切っていく声がする
白黒写真のなか

高く　釣り糸を

父の深夜の緊急手術はまだ終わらない
控室の低い絶え間ない空調音でふいによぎった
　二十年前の釣りの事故
波の低い果てしないおと
暗い瀬戸内海を
漂う父が　ゆれている
たったひとり発見された時の
一筋の夜明けの光

手術から二日後の朝
やっと病室で目を開いた
天井の淡い日差しを懐かしそうに
少年のように　小さく叫んだ
「まだ水底にいるかな　さかなは」

釣り竿を握る少年の足下を
水のにおいがはしる
みなそこのいわなのゆめ

ゆな　ゆいっ　ゆな　ゆいっ

川面で突然葉裏がひかる
少年の両手の中で
はげしく息づく　岩魚

夏の終わりの閉じられた扉
ひとすじの夕日が
父の遺した肘掛椅子にすわっている
わたしの皮膚をぬらし
夕日は昏く部屋を満たしていく

ゆな　ゆいっ　ゆな　ゆいっ
溺れそうになって　窓を開けた

境界を渡って

ずっと仕舞いこんでいた
その記憶に
光が触れることがないように

長くて薄い繊維が
夢のなかで
もつれあっている

郵　便　は　が　き

〒171-0022

東京都豊島区南池袋2-8-5-301

書　肆　山　田　行

常々小社刊行書籍を御購読御注文いただき有難う存じます。御面倒でも下記に御記入の上、御投函下さい。御連絡等使わせていただきます。

書名

御感想・御希望

御名前

御住所

御職業・御年齢

御買上書店名

遠くでゆれているものへ
何度も伸ばす
濡れたおもい手

かすれているおと

糸がほどけた

あの一瞬の
輪郭

横たわったままの
白装束で
姉は

激しい雨の音が
光のすじを
塗りつぶしていく

明けない時間の内側で
渡っていく
境界を

うすいはね

さるびあ
こうえんのすみで
さいていた
あかく
つちにこぼれて

シーソーで
あがったり

さがったり
おさないわたしは
そらをみて
こえをあげた
「とりになっているよ
　あのくも」
ふわり
あがった
シーソー
きがつくと
むこうがわに
あねはいない

みあげると
まっている
うすずみいろのはね
そらのみずに
しずんでいく

夕闇の底

坂の向こうからそらへと
這い上がっていくこえがする
生きもののようなかすかなひびきに
促されて
見知らぬ坂を　辿っていく
そらは　色を消し始めた
　（もう　よこたわったからだが　おもい
　（じぶんのばしょへ　むかうのだろうか
病院のうしろがみえる

まばゆい光の列
途切れることのない時間が走っている

（坂の途中で強い痛みが一度に母を襲ったの
（意識の戻らない母が
（ベッドの手すりが
（いつ見ても　鈍色に沈んでいるの

大通りのハナミズキ
吹き落とされた
枯れ葉が
重なりあってざわめく

夕闇の底
眼をこらすと
息をひそめて
うずくまっている影
駆け寄って　呼ぶこえに
母は
いない

濃さをましていく夕闇に
眼をこらす　いつまでも
わたしも　うずくまったままで

70

71

一日の終わりに

電灯の
鈍い光を受けた
食卓が膨張　自分の脚元に
いつものように影をこぼしはじめる
もう長い間　床は湿って　傾いたまま
夜の影が濃さを増してくると　箸　茶碗　皿
湯呑み　サボテン　スプーン　グラス　フォーク
夕食に使ったものが食卓からこぼれておちていく　整然と
した落下が始まる　一日の終わりにわたしは　ぺたりと床に

すわって　繰り返される落下をじっと眺めているうちに　そばに
落ちてきた自分のグラスの内側に　入り込んでしまう　夫や
子供たちも　いつの間にか横にいて　物のかたちに
似てきている　侵入した薄いグラスの底に張り
付いたわたしの目には　庭の楓の枝先が
いやに拡大されて見える　初冬の
冷気に透きとおってきた葉が
数枚　月のあわいひかりを
受けて踊っている

街で

冬の日　旅先に顔を置いてきた

ガラスの高層ビルに　吸い込まれる朝
軽い浮遊感がぬけないわたしのからだ
働く人の顔の口と目
不規則に開閉しているようだ
あなたに似た人
異国の文字が　すれちがう

帰りの通勤特急　急カーブで風が裏返った
鉄砲水で崩れたままの崖
急に増えていく墓
花が一斉に供えてある
勢いづいた風　吹き渡って
家々に
びしびし　びしびし
はりつく手

夜のスクランブル交差点で
忙し気に

ひと　ヒト　ひと
欠けていく　渡る人の足
目と口だけになったわたしは
突然
交差した
あなたのからだ
なつかしいその顔
消えかかっている向こう側へ
あなたは渡っていく
何気ない一日の終わりの
背中のままで

あの場所で

呼びつづけた名前
届くことのなかった　ことば
夜の中空で
いま　響かせる

雨がかすかに降りてきて
ゆっくり音は遠のいていく

うつっていく

確かにわたしは　この場所に居たのだろうか
錆びつき閉じた門扉　外壁を這っていくきれ
ぎれのひび　夕暮れには　家の窓に集まって
くるものが鈍く光る　見開いた眼のにごりだ

わたしの　世界そのものだった　濃密な場所
子供であり　母であり　妻であった　ある時

みんなが欠けていき　開け放たれた窓から
出ていった声　削がれたうすい欠片になって

独り迷いこんだ路地は　同じ形の建物ばかり
となりの部屋から夕方になると同じ会話が同
じ高さできこえてくる　ずれのない波長音か

夜　部屋が戻ってきた　時計のようにかすか
な音をたてて上昇してくる水　裏に捨てると
深く窪んだ場所が現れた　わたしは深呼吸を

繰り返しながら　体を内側に丸めた生き物に
なる　そして夜の窪地に沈む声の不在に触る

夜　部屋が戻ってくる　勢いを増す水　発声
練習でおぼれそうな部屋　飛び散っている音
の欠片　窓ガラスに記号のように映りこんで

失われたもの　削がれて　ほとんどちぎれて
でも　今　深い羊水のような水の中でさけん
でいるのがきこえる　あぶくのような連なり

未だ声にならない　吃音のひびきが　喉を
ふるわせて移っていく　夜の子宮のなか未だ
来ないもののなかへ　朝の方へ　ゆっくりと

橋の向こう

土塀の湿ったにおいが　近づいてきた　黒
土の上を這っている風　路地が　左へ伸び
ている　わたしもまとっているものを　捨
てながら　からだで　這う

流水が聞こえる　導かれて薄暗い林のなか
ずっと奥　光がわずかに差し込む　矢印に
沿っていくとほそいみちは　緩やかな同心

円を描き　同じ場所に戻った　ここは見え
ないまま　何度も　生き迷っていた場所か

風が滝のそばから吹いてきている　あの時
わたしは小さな虫　這ってあがろうとした
おちて　水もおちて　いっしょに　濁った
水底のなか　呼吸と時間は　あの時も今も
つながっていて　支えあっているふしぎ

（姿は見えなかった　あの時
（渡ろうとした橋は架かっていたの
だろうか

見えないものと　見えるもの　つなぐ橋

今　スケッチ画の色合いで現れている橋
夕暮れの　ずっと向こうまで　伸びて

iii

舌から動物になる

強い地震の日　ひっくり返った植木鉢を
一つずつ起こしていく　起こしたとたん
割れて　しろい根がわっと逃げ出した
ベランダいっぱいに　とび散った土　両
手で何度もすくう　ざらざら葉裏が痛い
鉢からはみ出た紫蘇の葉に顔を近づける
息を吸い込むと　いっしょに　入ったり
出たりする　生きているもののにおいを
葉とわたしのあいだで　何度も確かめる

リビングの扉を押す　蝶番は　キイーと
鳴って開いた　剝きだしの顔つきをして
壁は黙っている　窓際に置かれた母が愛
用していた形見分けの鏡台は　細長い鏡
面を開いて　のけぞった物を映している
鏡の布を静かに掛けなおし　引き出しを
元通りにする　骨がずれたように動かな
い飾り物を　そっと両手で抱いて撫でる

やっと開いた店に行き　買ってきたパン
と生ハムの野菜サラダ　食卓で目を閉じ

両方の手のひらを合わせる　一口目の
いつものプレーンヨーグルト　スプーン
から　しろく垂れてきて　舌からわたし
は動物になる　迷わない唾液　ねばっと
生ハムの　親しい色をじっと　見ている

夕方　ベランダの下の方から　聞きなれ
た重い音がうなりながら通過する　見下
ろすと　大きな車体をゆさぶりながら
少しこわばったまま　バスは走っている

増殖

朝　ベッドからまっすぐに立ち上がる
足のかたちがゆがみ
奇妙な　ふらつきに襲われる
決められた通りに一足の靴に
分裂したがる足を一気に押し込む

仕事にむかう朝　かざす手の
ひくひく　ひふの下

血管が青白くはしる

今日の電車に乗り
空に向かって伸びるループ状の
高速道路のそばを過ぎたころ
夢の水滴が
狭い空間に
漏れはじめ
つよい揺れで
ひとの口や皮膚からも
切迫したものが
形をさがして出たがっている

わたしを
うまく回送できない
きしんでいる　レール
しずんでいく　レール

車輪は痙攣したまま
無人のホームに停車
駅舎のうすくらがりから
水滴がおちてくる
足元で濡れた箱が光っている

かがみこむと　いきなり蓋がずれた
覗き見た箱のなか
暗い空間は
アリの巣のように
いくつも　分かれている
大勢の女がいる
みんなわたしのようだ
それぞれの巣で
眠るわたしはみな
瓜二つのじぶんを抱いている

増殖してくる顔の後ろに
たちまちはりつく嫌悪

生まれたてのわたし　と
死んでしまったわたしの
矛盾したかけら
毎日ラベルで分類され
巣に防腐剤が

箱のゆがみから
脱走していく女
何も抱くものがなく
ほどけた糸のかるさだ
風にもぐりこんで　浮揚していく
黄昏の時間
まだ誰のものでもない

ひかりのいろが
眼を覚ましはじめる
女は　うたいながら
そらから
わたしに
送信する

一瞬の
ことばの瞬き

極小の穴

夜　はめ殺しの窓の外に
雨が降ってきた

高層マンションのガラスの内がわで
まるい口から
時がぬけて
しぼんできて
息ができなくなったら

消滅する
消えたその極小の穴から
別の口が
少しずつふくらんで
まるいかたちを見せる
空いた穴から
誰かの呼吸が聞こえる

朝日がいつものように
ガラス越しに
みている

停滞前線

わたしの皮膚を湿らせて
じんじん　内側を浸している
時には　まだ降っていないのに
冷たい粒が
首筋をかすめてくるおと
耳鳴りのように

気象予報士は

停滞前線がもう隣町に
やってきています
と　さりげなく言う

前線よ　来てもいいよ
歓迎はしないけど
あなたはもうずっと
わたしの一部だから

わたしのからだは
夜の中で明滅している
赤いランプが切れると

夜のなかにある
底の見えないたまり水で
水葬されるだろう

次の朝には　きっと
空気色をした
まるいものが
いっぱい浮かんでいるはず

雨で満たされた
大きな流れ
まっすぐに

そらから
急降下
魚をくわえた翡翠は
鮮やかな羽をぬらして
飛び立っていく

折りたたまれた布

無人の海辺に立つ
小屋の入り口に
吊るされている一枚の布
雨や風にはためいて
去っていった人の顔になり
忘れられた声の響きになる
通り過ぎる時のなかで
少しずつ折り返されてできた
たくさんのちいさな襞

潮風が吹き込んで
布は飛んでいく

時のなかで
出会うものたちが
くりかえし触れあう
海の波打ち際に打ち上げられた
若布のように
縮れて　ねじれて
布のからだから聞こえる
泡のおと　つぶやき

過熱する太陽に焼かれ
まっすぐに伸びていた縫い目は
切れ切れ
痛みが
繊維の溝を掘り下げる

ある時
生地が透けて　現れた
地《ぢ》
底で支えているもの

裂け目はあおられ

驚きや苦しみは
きしきし
きしきし
糸のように撚り合わさって
重なりながら熱を帯びていく

布は
時のくぐりぬけていく風合いを
折りたたみ
包帯の動きで
布の中心に
包みこんでいく

布は　いま
徴のない旗のように
旗のない徴のように
はためく

すきま

くり返す
からだの
同じうごきのなかを
いつも閉じているものの　すきまが
かすかにゆらいで
にじんでいく
斑模様のひかりに
脱色されている生がみえる

ひかりに混じって漂う
ねじれた記憶の粒子
時の切片
くぐもった声は
集まろうとして
白い不安に囲まれている
なんども流れだそうとして
拡散する
記憶のうらがわで
いま
ひかりの
ふるえが
強まっている

覆っている皮膜を開こうと
わたしのうらがわに
うっすらと切れ目
網膜状にはしりはじめた

スーツケースを開き
旅先の袖口の襞
沈んでいるかげにさわる
底から取りだした
オルセー美術館の画集
写り込んでいるもの

セザンヌのりんご
うねる白い布の上で
皮のうらがわ　果肉がかすかに
身じろぐ
そのおもみ
まるい輪郭から
はみだしてきて
あかいいろが
ずれている
ずれのなかに
りんごのいろが　いて
出たり　入ったりしている
そのうごきに　呼吸のリズムに
引き込まれて

吸い込まれる眼の
うらがわに
にじんではみ出して
わたしのすきまに
あざやかないろ
が
移ってくる

聖地

風　おりてきて　嘆きの壁
祈りを捧げる黒衣の足元に
水のように影がゆれている

見覚えのない場所に　放つ
わたしのなかの　生きものを
地中海の空から　あおく降ってくるものが
晒していく

わたしのなかの生きもの・ルサンチマン
わたしから剝がれ　ざわめいている
　（エルサレム　エルサレム
　（あおく　降ってくる

生きものの眼の濁ったひかり
剝がれて開いたちいさな空洞から
過去の時間がすり抜けていく
大きく波打つ痛み　くねって
判読できない古代文字の壁に囲まれている
ねじれていくことばのかお
逃亡するものを　何度も反転させながら
古い石の通路に　奥へ　奥へ

もうひとのこえは　途絶えた
みどりのねむりが流れていく
　　（これがヨルダン川
川風向かうほうに
振る　振る　ふる
ふ　振れる　振れてくる　わたしのざわめき

降ってくる　ねじれて
　　（わたしは　塵のように
みどりいろの　流れに
触れている

かぐわしきもの

残酷な誘惑者は
萌黄色のほそい指
暴力的なかぐわしさが
降りそそぎ　届けられるのは
一年に一度の約束された贈りもの
受けとった大地　うっとりゆるむ
そのやわらかな指に誘われ　　空は
絵具にはない色へゆっくり霞んでいく

怪しい春のひかりに酔って　目が迷いだす
にわか仕立ての　二重窓のへやに籠城したわたし
でもことばはぱふぱふ勝手なつぶやきをこぼすから
ふらついて開いたままのわたしの両唇をマスクで覆う

今まで　浮かれさわぐことなど慎んできたわたしの椅子
低く地を這うように　近づいてくる春の気配に落ち着かない
椅子の上のわたしは今朝届いた好きな詩人の本に集中できない

暗くなるにつれ　ぼんやりとながく影を伸ばしていく　椅子の脚

どこかよそよそしい仕草で音もなく伸びていく椅子は誰なのだろう
降りるのは危険　このへやはどうやら　仮面を　かぶっているようだ
ふいに　顔を上に向けてみた　十年前に亡くなり姿のないはずの身内の
顔が次々交代であらわれ　星のように瞬きながら　ほほえみかけてくる

春は　残酷な　誘惑者
わたしと一体の椅子から
ゆれているへやを
見下ろすと
椅子の脚は
一層
成長している
春の闇のなか

四月の目配せ

り　ぅぅ
り　ぅぅぅ
り　ぅぅぅぅ

突堤の沖で　渦を巻いて
引き込んでいく音がする

(海のそばの松林のなか　潮風にためらいがちな音が混じっている　生まれたばかりの風なのか　通りぬけるとき　ちがう音が遅れてきこえる　広々とした舞子公園の　乾いた土に太い垂直線が　何本も　昔からつづいているいのちの幹　一番右側の古木の曲がった先端から　指で空まで線を描きこんだ　雲に混じって気まぐれに流れているおとに　せつぞくしてみる)

ロン　ロン　こっち
そらから　母が呼んでいる
砂粒を散らして
仔犬と

おいかける幼い姉の影が
左手に　伸びて
風が連れていく
家族の　あしおと

まつぼっくりのそば
ざらついた土に
忘れられている
姉のセルロイド人形
空に向かって伸ばした手
早春のつめたい風が
かじっている

四月は最も残酷な月＊
海をわたる鳥の羽ばたきと
仔犬の骨を埋めた土のにおい
ふかく折りたたまれた
生と死の記憶に
芽吹いたやわらかな指が触れ
ひかりのグラデーションを
シャッフルすると
さりげなく
四月はわたしに目配せする

記憶のなかに波がよせてきて

今年も　春の海に　会う
あおが　水平線までひろがって
わたしも　うすく伸ばされていくと
ひかりのあわい衣装ができあがる
そのなかでほほえんでいるのは
十年前の春　急に亡くなった姉だ
隣りにいる父や母と
ゆらゆら　まばゆく
衣装が半分かさなりあったりして
少しずつ輪郭が
夕日にとけていく

（まつぼっくりのそばに

り　ぅぅ

り　ぅぅぅ

り　ぅぅぅぅ

こぼれ落ちた
ちいさな鳥の骨のような
　　ことばが
かわいたおとを
たてている）

＊　T・S・エリオット『荒地』

あいまいな眼

広大なガラスのビルの内側に
色とりどりのアルミ製のスーツケースが
浮遊している
階段状になって床から天井まで
水平に吊り下げられている*

外側にいるわたしは
鳥のように飛んでいけないから

ゆらゆらするスーツケースの段を上り
見覚えのある鞄のなかの
きれいに収納された季節にさわる

例えばそれは
夏の時空間
訪れた異国のにおいや海の光が
切り取られたようによみがえる
他のスーツケースを開くと
晩秋の陽の傾きに染められた銀杏
パラパラこぼれおちてくる

ケースに入り切らず消却したはずの押し葉
手帖に書き留めた言の葉と混ざって
舞い上がりながらガラスの光に反射している

通り抜けられるくらいの透明さや
やさしいきらめきは
階段のずっと先の世界
未知へとつながっているのだろうか
でも　磨き上げられたガラスの表面に
映りこんだすがたは
吊り下げられた不安定さに
ゆらめいている
開かれた扉の向こうに

奥行きは　消えていて
そこは
どこでもない場所のようだ

身体を外側に向け
わたしは足を前に出す
ふいに
高架橋から流れ落ちてくる黒い影
夕方へと引きこまれていく足音
何度も閉じて　開いて
瞬きをする　小さな扉
わずかにずれていく
目の前の景色

先へ　先へと
逃げ去るものを追いかけて
意味のない彷徨をしている
ガラスのような眼

あいまいに映りこむ
こちら側の景色のそのへりに
山折り線を描いて
両手で折り返したら
ガラスの向こう側の景色と
相似形に重なっていくようだ

闇が地上におりてくる前
かすかに屈折を繰り返しながら
浮かび上がり
踊っているひかり
その破線のような動きを
辿りながら
未知の時間へ
抜ける道
探しつづける

＊　塩田千春展のインスタレーションより

記憶のからだ

秋の空が　三回くしゃみをした
ひろげた羽は　くらくら
この実はにがい
あきの葉　の
めまいのやまい
あか・き・ちゃ・はい・くろ　と
言の葉は目まぐるしく移る
低い回転音に反応する
紡錘形の虫

記憶のからだ

あの時　移動中だった　遠い所へ
窓枠にたまりはじめていた糸くず
書きものをしていた指が
糸状のものを吐いている
ことばがねじれて吐きだされた糸は
一面に広がって
わたしを覆いかくそうとする

突風が
窓から入ってきて
からだは　ゆっくりと右回転

重い鞄を背負っているからか
時計が壊れかけなのか
めまいのやまい　やまいのめまい
半透明の糸に覆われたからだは
自分を脱ごうとする
らせんに回転しながら
ずれながら

からだを全部　脱ごうとする
かたちを　離れようとする
とたんに紡いでいた言の葉が
風にちぎれた
もののなまえ　わたしのなまえ

ちぎれはじめている
その音を　ばらばらと吐きだす
蝶番が　結び目がやっとゆるむ

わたしに
ことばに
息が入ってきた

紡錘形の　虫が眠っている
ノートのなか

あとがき

私は英語の教師ですが、仕事上の理由で、五十歳になってから大学院の英米文学部修士課程に入学しました。若い人に混じっての学生生活は、ちょっとしたカルチャーショックの連続でした。何しろ、家に帰れば息子もまた大学生でしたから。

少し年齢の高い学生としてイギリスの古典やアメリカの南部文学に深く関わることになりましたが、原書の中に息づく言葉の響きや文体、そこから見えてくるテーマを掘り下げていくにつれ、自分はどうなのだろう、自分に表現できる言葉はあるのだろうか、という問いが湧いてきました。自分も書くこと、言葉と向き合うことを、詩作を通して追究してみたい思いがつのり、詩の洞窟を掘りつづけることになりましたが、それはとても面白い作業でした。

自分の言葉を見つける作業を助けてくださった野村喜和夫先生に心から感謝申し上げます。また、今まで私の詩を読んでくださり、様々な批評、コメント、励ましを下さった方々にお礼を申し上げます。

二〇二〇年　秋　　　いのうえあき

いのうえあき――

一九四九年一月、兵庫県明石市舞子生れ。
同志社大学大学院英米文学修士課程修了。
英語教師。

連絡先
五六九―〇〇八四　大阪府高槻市沢良木町一八―六―四〇九

紡錘形の虫＊著者いのうえあき＊発行二〇二〇年一二月一〇日初版第一刷＊発行者鈴木一民発行所書肆山田東京都豊島区南池袋二—八—五—三〇一電話〇三—三九八八—七四六七＊装幀亜令＊印刷精密印刷ターゲット石塚印刷製本日進堂製本＊ＩＳＢＮ九七八—四—八六七二五—〇〇五—一